Mes Premières ENQUÊTES

LA NUIT AU MANOIR

24-32, rue des Amandiers, 75020 Paris — France

Correction : Catherine Rigal
Mise en pages : Fanny Bouchet

Loi n° 49-956 du 16 juillet 1949 sur les publications destinées à la jeunesse,
modifiée par la loi n° 2011-525 du 17 mai 2011.
Dépôt légal : mars 2021. ISSN : 2610-2900. Imprimé en Serbie.

Produit conçu et fabriqué sous système de management de la qualité certifié AFAQ ISO 9001.

FSC www.fsc.org MIXTE Papier issu de sources responsables FSC® C117682

Mes Premières ENQUÊTES

LA NUIT AU MANOIR

Écrit par Emmanuel Trédez
Illustré par Maud Riemann

AUZOU romans Premiers pas

Potager

1 L'invitation

Enzo et Max passent le week-end dans la maison des grands-parents d'Émile, en Normandie. Le samedi matin, en se levant, les deux garçons découvrent dans la boîte à lettres la jolie carte d'invitation de Morgane : la copine d'Émile les convie le soir même à une fête costumée.

– Comment on va faire pour les costumes ?

– Il y a une malle avec des déguisements au grenier. On devrait trouver notre bonheur !

C'est la maman d'Émile qui les accompagne à la fête. Un peu avant 19 heures, ils arrivent à l'adresse indiquée. La nuit est déjà tombée. Émile est déguisé en Merlin l'Enchanteur, Enzo en Aladin et Max en superhéros : avec son masque et sa cape, il est tellement mignon !

Après avoir passé la grille, ils remontent une allée et sonnent à la porte d'un imposant manoir. Morgane vient leur ouvrir. Elle est déguisée en Petit Chaperon rouge…

– Je suis contente que vous soyez venus. Suivez-moi !

Morgane conduit les deux amis dans une immense salle où une vingtaine d'enfants, tous déguisés, sont rassemblés autour de différents jeux en bois traditionnels.

Une heure plus tard, Enzo et Émile lancent à tour de rôle des palets dans la bouche d'une grenouille. Ils s'amusent comme des fous ! Soudain, une fille déguisée en sirène les interrompt :

– Vous n'avez pas vu Morgane ?

– Non, pas depuis qu'elle nous a conduits ici.

– Personne ne sait où elle est, je trouve ça bizarre. On devrait aller demander à sa maman.

Peu après, elle revient avec celle-ci.

– Le Petit Chaperon rouge a disparu ! annonce-t-elle aux enfants. Une récompense sera offerte à ceux qui la retrouveront.

– Tu crois que Morgane a disparu pour de vrai ? murmure Émile.

– Ça m'étonnerait, dit Enzo. Sa maman n'a pas l'air très inquiète !

– Prenez ces chandelles, demande-t-elle aux enfants qui se trouvent à proximité, je vais vous conduire à sa chambre.

Sept enfants la suivent à la queue leu leu jusqu'à la chambre de Morgane, au premier étage. Elle leur montre alors un panier d'osier abandonné contenant une galette.

Les enfants se mettent à fouiller la pièce, mais sans succès. C'est alors qu'Émile découvre une inscription au feutre sur la serviette en papier qui enveloppe la galette.

Je vais chez Mère-Grand

– Quelle drôle de langue !

2 Les recherches commencent !

Enzo sait tout de suite à quoi s'en tenir par rapport au message.

– Quelqu'un sait où se trouve la salle de bains ? demande-t-il.

– C'est la deuxième porte à droite, répond la Petite Sirène, comme si elle sortait de la baignoire.

Devant la porte de la salle de bains, Enzo remarque des empreintes de pas, sur le parquet, qui semblent s'en éloigner. Puis, à l'intérieur, il découvre sur le lavabo une boîte de talc, qui explique sans doute ces traces blanches. En attendant de tirer ça au clair, il présente le message au miroir.

– Regardez ! dit-il aux autres. Le texte était écrit à l'envers !

Je vais chez Mère-Grand

Peu après, Enzo et ses compagnons sortent de la salle de bains.

– Quand elle a écrit ce message, est-ce que Morgane jouait encore son personnage ? s'interroge Émile. Ou est-elle vraiment allée chez sa grand-mère ?

– À mon avis, les deux, répond la Petite Sirène. Sa grand-mère habite le manoir.

– Où se trouve sa chambre ? demande Enzo.

– Je ne sais pas exactement. On pourrait demander à la mère de Morgane…

– C'est inutile, on n'a qu'à suivre les traces de pas qui conduisent à l'étage, suggère Robin des Bois.

– D’accord, je vais jeter un œil, propose le Vaillant Petit Tailleur.

Peu après, les enfants entendent un fracas et des jurons. Leur copain a malencontreusement ouvert la porte d’un placard à balais où les traces de pas l’ont mené.

Ses compagnons éclatent de rire.

– Morgane a même pris la peine d’imaginer des fausses pistes ! dit Enzo, admiratif.

Soudain, Blanche-Neige attire leur attention.

– Vous avez vu ? Il y a une chaussure rouge devant cette porte, là-bas.

Morgane a dû la perdre en entrant chez sa grand-mère.

– Ce n'est pourtant pas Cendrillon ! plaisante le Vaillant Petit Tailleur.

Les enfants s'approchent de la porte. Max, comme s'il avait reconnu en lui un lointain cousin, ne lâche plus le Loup d'une semelle ! Outre la chaussure du Petit Chaperon rouge, ils découvrent une jambe de poupée en plastique pendue à un fil.

– Qu'est-ce que ça veut dire ? s'interroge la Petite Sirène.

C'est Émile qui fait le rapprochement avec le conte.

– « Tirez sur la chevillette, et la bobinette cherra ! », ça ne vous rappelle rien ? Ce sont les indications que Mère-Grand donne au Petit Chaperon rouge lorsqu'elle arrive devant sa maison.

– Il faut tirer sur la jambe de la poupée ? demande Blanche-Neige.

– Il faut croire, dit Enzo.

En tirant sur la jambe en plastique, le Vaillant Petit Tailleur fait tomber un rouleau de papier du linteau de la porte où il était posé. Il le déplie et découvre une grille entièrement remplie de lettres.

D	A	B	P	B	G	E	B	P	U	A
Y	A	B	M	I	C	V	Z	O	L	N
V	E	C	A	N	P	X	Q	F	I	A
W	V	J	M	P	R	A	K	V	X	Z
G	Y	Q	K	U	N	S	X	P	H	
M	P	E	T	O	H	Y	E	S	S	B
N	J	S	A	F	W	A	I	D	F	D
O	H	K	E	U	X	V	A	P	W	P
O	J	H	J	E	E	S	X	P	H	U
Z	T	M	N	Y	Q	A	D	Z	U	G
W	V	B	U	R	T	T	O	F	P	E

– Qu'est-ce qu'on va pouvoir faire de ça ? soupire la Petite Sirène.

3 Chez Mère-Grand

– Sans doute que la réponse à cette question se trouve derrière la porte, dit le Vaillant Petit Tailleur.

Les enfants ne sont pas très rassurés. Même s'ils n'osent pas l'avouer, ils craignent de trouver, allongée dans son lit, une vieille dame avec de grandes dents… pour mieux les dévorer !

– Impossible, je suis là ! plaisante le Loup.

Finalement, Enzo se décide à frapper à la porte. La dame qui vient leur ouvrir paraît très gentille.

– Bonjour les enfants, qu'est-ce que je peux faire pour vous ?

Émile lui explique que Morgane a disparu et qu'ils doivent la retrouver.

– Eh, eh, ça ne m'étonne pas de ma petite-fille ! Hélas, je ne peux pas vous aider !

Les enfants examinent une nouvelle fois la grille de lettres.

– Vous avez remarqué ? dit Enzo. Cette feuille semble avoir le même format que la carte d'invitation !

– Et alors ? demande le Vaillant Petit Tailleur.

– Attendez un peu, vous allez comprendre…

Enzo place la feuille derrière la carte d'invitation perforée. Les trous, dispersés sur la carte, révèlent une dizaine de lettres qui, assemblées, forment le mot « bibliothèque ».

– La bibliothèque se trouve au rez-de-chaussée, les informe Blanche-Neige.

Peu après, ils pénètrent dans une pièce dont les murs sont couverts de livres du sol au plafond. Une autre chaussure rouge a été abandonnée sous un fauteuil. Un livre de contes pour enfants est ouvert sur un grand bureau. Sur un bloc-notes, à côté du livre, sont inscrits plusieurs chiffres :

12/5 , 25/37 , 57/3

– Ça doit avoir un rapport avec le livre, affirme Enzo.

Les enfants se mettent à cogiter.

– Le premier chiffre pourrait correspondre à la page, suggère Blanche-Neige.

– Mais oui ! s'exclame Émile. Et le second à la position du mot dans la page !

– On n'a qu'à vérifier, dit Enzo…

Il ouvre le livre de contes à la page 12 et s'arrête sur le cinquième mot : « Maintenant ».

– Ça pourrait coller…

Après avoir retrouvé les mots du livre, ils obtiennent le message suivant :

– Qu’est-ce qu’il y a dans la pièce voisine ? demande Enzo.

– La salle de jeux, répond le Loup.

4 Un travail d'équipe

Au milieu de la salle trône un beau billard américain. D'autres tables sont destinées aux joueurs de cartes… Sur l'une d'elles, les enfants aperçoivent une cape avec une capuche rouge.

Celle du Petit Chaperon rouge, bien sûr ! Ils s'approchent. Des lettres en plastique sont disposées sur la table, formant douze mots : « bol », « arbre », « bousier », « truelle »…

– Ces mots n'ont aucun rapport les uns avec les autres ou avec la disparition du Petit Chaperon rouge, soupire Blanche-Neige.

– Pourtant, Morgane nous a sûrement laissé un nouvel indice, dit Émile. Il faut continuer à chercher !

Les enfants se concentrent sur cette nouvelle énigme, leurs yeux comme hypnotisés par les lettres en plastique.

– Vous avez vu, les mots sont centrés, remarque Robin des Bois. Ce n'est pas sans doute pas pour faire joli.

– Tu as raison ! dit Enzo. Si on prend les lettres au centre de chaque mot, le « o » de « bol », le « b » de « arbre », et ainsi de suite, on découvre un nouveau mot qui se lit cette fois verticalement.

– « Observatoire » ! déchiffre le Vaillant Petit Tailleur.

– Mais quel lien y a-t-il avec le manoir ? intervient Émile.

– Le dernier étage de la tour du manoir abrite un observatoire ! explique la Petite Sirène.

– Pour observer quoi ? demande Enzo.

– Les étoiles ! Maintenant, je suis certaine que c'est là que Morgane nous attend. Suivez-moi.

Les enfants s'engouffrent dans l'escalier à vis de la tour et grimpent jusqu'au troisième étage où ils se retrouvent face à une petite porte. Robin des Bois tourne la poignée. La pièce est plongée dans le noir. Il allume et entre, bientôt suivi par les autres enfants. Sous une verrière en forme de dôme, on a placé une belle lunette astronomique. Apparemment, il n'y a personne.

– J'ai bien peur que Morgane ne nous ait encore joué un tour ! soupire Émile.

5 Surprise !

– Eh bien, moi, je n'en suis pas si sûr !

Tout le monde se retourne vers celui qui a parlé : Enzo.

– Je crois que Morgane se trouve dans la pièce…

– Mais on a tout fouillé ! objecte Robin des Bois.

– Oui, mais elle se cache parmi nous !

À la surprise générale, il s'approche du Loup et s'apprête à tirer la fermeture éclair de son déguisement.

– Tu permets ? lui demande-t-il.

Le Loup acquiesce.

– Comme dans le conte, le chasseur doit ouvrir le ventre du loup pour en faire sortir… le Petit Chaperon rouge !

Une fois la tête du Loup retirée, les enfants reconnaissent Morgane !

– Comment as-tu deviné ? demande-t-elle, épatée, à Enzo.

– Grâce à Max ! Avant de quitter ta chambre, je lui ai fait sentir en douce un de tes vêtements, et il s'est aussitôt planté devant toi. J'ai d'abord cru qu'il n'avait pas compris ce que je lui demandais, mais un peu plus tard, j'ai reconnu ta voix. Comme, en plus, tu semblais connaître la maison comme ta poche, j'étais quasiment sûr que c'était toi.

– Mais tu n'as rien dit…

– Ça aurait gâché la fête, non ?

– Merci, Enzo, et bravo ! Jamais je n'aurais imaginé que vous retrouveriez ma trace aussi vite !

Les enfants n'en reviennent pas !

– Tu étais avec nous depuis le début, et on ne s'est rendu compte de rien ! s'exclame la Petite Sirène.

– C'est toi qui as écrit les messages ? demande Blanche-Neige.

– Maman m'a un peu aidée…

– Mais si on n'avait pas résolu toutes les énigmes, demande Émile, qu'est-ce que tu aurais fait ?

– Je vous aurais mis sur la piste, puisque j'étais là. Peut-être même que je vous aurais donné la solution, mais ça m'aurait déçue !

– Et pour la récompense ? hasarde le Vaillant Petit Tailleur.

– Ah, c'est vrai, la récompense ! Celui qui la mérite le plus…

Enzo rougit déjà de l'honneur que Morgane va lui faire.

– … c'est Max. C'est lui qui m'a reconnue en premier. On va lui trouver un os digne d'un super-héros. Quant à vous tous, si vos parents sont d'accord, vous restez dormir ici. On observera le ciel à la lunette astronomique !

Table des matières

Un petit mot de l'auteur et de l'illustratrice

J'aime les énigmes. Tout particulièrement celles qui reposent sur des jeux avec les mots. Les résoudre (si j'y arrive) ou les inventer, comme ici. J'aurais adoré être à la place d'Enzo et mener mes propres enquêtes. Mais moi, je n'aurais pas pu compter sur mon chat pour m'aider. Il est bien trop paresseux !

Emmanuel Trédez

Le premier texte que j'ai illustré en sortant de l'école de dessin était d'Emmanuel Trédez !

Cette nouvelle aventure d'Enzo était super à illustrer ! Les enfants costumés rendaient chaque scène un peu fantastique et l'éclairage à la bougie participait au mystère ! Une soirée pyjama sous les étoiles pour le dénouement... quelle chance !!!

Maud Riemann

Les aventures d'Enzo et Max, les apprentis détectives, sont dans

Mes Premières ENQUÊTES

le Prix des Embouquineurs

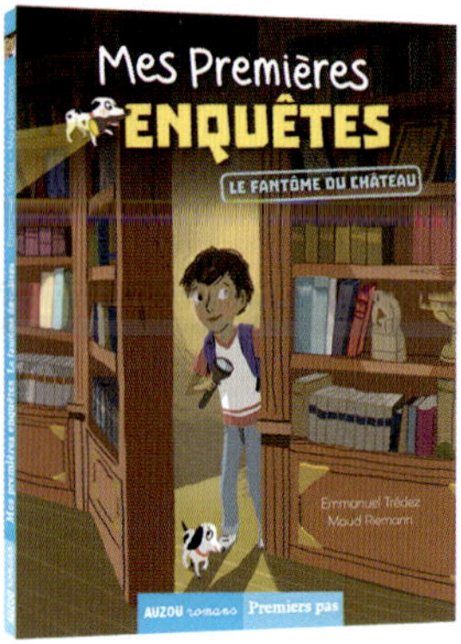

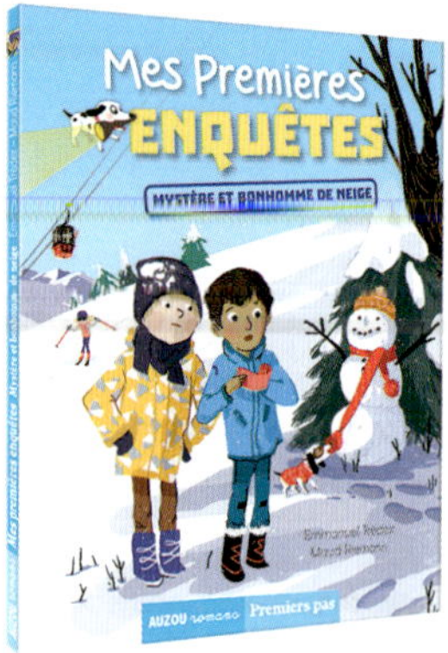

Prix Tatoulu 2018